KB173423

괜찮아,
다시
봄이 올 거야

김영곤

디지털 펜슬과 물감으로 그림 그리는 사람.
인천에서 태어났으며 대학과 대학원에서 디자인을 공부했습니다.
그리는 일이 좋아 잘나가는 디자인프로덕션의 CEO를 과감히 내려놓았습니다.
홍익대와 남서울대에서 일러스트레이션을 강의했고,
한동안 유럽 그림책의 매력에 빠져 국내에 소개하는 일을 하기도 했습니다.
최근에는 그림책을 비롯해 어린이 간행물 작업을 주로 하고 있습니다.
인천에 마련한 개인 작업실에서마음껏 물감 칠하며
개인전 준비와 작품 활동에 전념하고 있습니다.
인스타그램 @grimter

괜찮아,
다시
봄이 올 거야

김영곤 글·그림

새로운 시작을 위한 다정한 그림 위로

로그인

그리다 보니 또 봄이네요

덕지덕지 물감의 흔적을 남기며 그림 그리던 시절,
일러스트레이터로 평생을 살겠다고 큰 결심을 한 뒤
마련한 작업실에 노란색 블라인드를 달았습니다.
우중충한 작업실이 화사해지는 건 물론이고 아침마다 문을 열고 들어서면
햇살에 반사된 노랑이 하루의 시작을 기분 좋게 해주었습니다.
그렇게 노랑은 제 곁에서 떠나질 않았습니다.

일러스트레이터로서 30년이 넘는 시간 동안
무수히 많은, 다양한 장르의 그림 작업을 해왔습니다.
일러스트레이션은 매체의 내용을 대중이 잘 이해하도록 객관성을 담아야 하기에
부담과 스트레스는 자연스럽게 저의 동반자가 되었지요.
그래도 결과물이 세상에 나오는 순간 찾아오는 위안과 즐거움은
지금껏 이 일을 해올 수 있는 힘이 되었습니다.

항상 물감과 함께 했던 그림 작업은 컴퓨터와 그래픽 툴의 등장으로 빠르게 진화했고
2015년 말 아이패드 프로의 등장으로 시공간의 제약이 최소화됨은 물론,
실제 물감의 감성을 더해 작업 환경에 획기적인 변화를 가져왔죠.
거듭 진화 중인 있는 이 도구를 능숙하게 다루기 위해
여전히 부단한 노력을 하고 있습니다.

아이패드 프로가 처음 출시될 무렵, 이 도구로 어디서든 틈 날 때마다
소소한 일상을 간단한 그림체로 그려 인스타그램에 포스팅했습니다.
저의 이야기에 주변 지인은 물론, 지구 반대편 인친들까지 응원을 아끼지 않았습니다.
계속된 밤샘으로 체력은 고갈되고 스트레스가 온몸을 휘감아도
저의 이야기를 그리고, 포스팅하면 신기하게도 머리가 맑아지고 기운이 났습니다.
돌이켜 보면 남을 위한 그림만 그리다 처음으로 누구의 관여 없는
스스로를 위로하는 그림을 그릴 수 있었기 때문이란 생각이 듭니다.

다섯 해 동안 담아 온 이야기를 한 권의 책으로 정리하려 하니
인생의 가을로 들어선 제게
여전히 화사하고 희망적인 노랑을 불어넣어 주는 사람들이 떠오릅니다.
그리고 이 이야기에 종종 등장하며 미소를 짓게 하는 애증의 반려견 '향단이'도요.

소소한 일상에 감성과 여유를 담으려 했습니다.
아주 잠시라도
여유와 따스한 노랑이 여러분의 마음 한편에 스며들기를 바랍니다.

김영곤

목차

샛노랑과 새파랑 사이 – 봄, 여름

선명하면서 흐릿한 – 가을, 짧은 겨울

겨울과 여름 사이 – 다시, 봄

샛노랑과 새파랑 사이

봄, 여름

Are you ready?

자의든 타의든
우리는 항상 출발선 앞에 서 있다.

관계

수많은 관계로 얽히고설킨 이 세상.

그래서 살 만하고,

그래서 더 버겁다.

힘
빼
기
의

기
술

항상

안간힘을 내며 살아오느라

힘 빼는 법을 잊어버렸나 보다.

Breathless

살다 보면
숨이 턱턱 막혀오는 날이 있지.

봄 바다

봄 바다가 보고 싶어,

철썩이는 파도가

따뜻한 봄 냄새 실어오는.

기다림

겨울은 쉽사리 물러나지 않고,
그럴수록 새로운 계절에 대한 간절함은 커져만 간다.
시린 바람 속에 어느 순간 노랗게
꽃망울을 터트린 개나리.
내가 그토록 기다리던 그녀였다.
기다리고 기다렸던….

FINALLY I met HER

오늘의 카페인

꽃그늘 아래에서
커피 한 잔 할래요?

숨바꼭질

그래, 숨느라 참 애썼다.

향단이(9세)

불테리어

벚꽃 엔딩

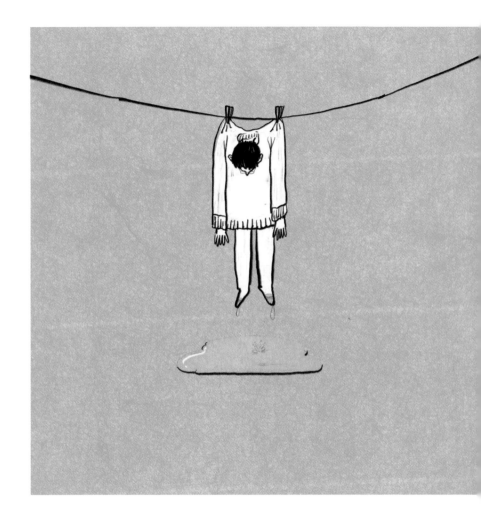

에너지 총량의 법칙

사람들은 나를 보고
항상 에너지가 넘친다고 하지만
어느 순간 내게서 스멀스멀 빠져 나간
에너지를 느낄 때가 있다.
그 많은 에너지는 어디로 갔을까?

사각사각

가끔은 사각거리는
연필의 느낌이 그립다.

느리고 불편해도
쓰는 맛을 느끼기에는
연필만 한 게 없다.

오래간만에 연필을 깎는다.

생각 많은 날

생각이 많아져 괴로우면
몸을 힘들게 할 수밖에.

To do list

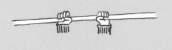

미안

노랑이 너무 좋아서, 그만….

테트리스

딱 한 번 잘못 내렸을 뿐인데

동전 하나로 다시 시작할 수는 없을까?

봄날의 고양이를 부탁해

준 만큼 되받길 바랐던 나의 지나친 욕심.

빼
꼼

벌써 나오기 시작했어.

맥주 한 잔

난 뭉게구름처럼
거품이 풍부한 클라우드가 좋더라.

밀당의 고수

툭 놓아버리지 않게,

확 부담스럽지 않게.

연애할 때나 필요한 줄 알았지.

새벽 네 시

밤샘 작업이 끝나면
블라인드를 걷어내고 밖을 내다보곤 한다.
아직까지 켜져 있는 몇 개의 불빛에
위안 받는 새벽 네 시.

익숙한 낯섦

익숙한 옷, 익숙한 음식, 익숙한 거리…
때론 익숙함에서 벗어나면 어떨까.

May day? Mayday!

오늘 하루만 쉬었다 갈게요.

상상

초록의 신선한 그늘
상상만으로도 마음이 평온해진다.
사람들이 식물 키우는 이유를 알 것 같아.

매일 아침

함께 가지 못한다는 것을 아는지
고개를 휙 돌려버리는 너.
차라리 데려가라고 난리를 치면
덜 미안할 텐데….
이따 꼭 함께 산책 나가자!

부러워

넌 어디든 갈 수 있어 좋겠다.

소확행

너를 위해
내가 해줄 게 있다는 것만으로도
나는 행복해.

개(犬)판이시네요

하루는커녕 한 시간만 지나도
우리 집은 카오스가 되어버린다.
이 정신 없는 상태가 디폴트값이라고 생각하는 게
차라리 정신 건강에 좋다는 걸 최근에서야 깨달았다.

친
구

언제든 어깨를 내어줄게.

A cup of water

때 이른 무더위,
냉장고 속 물 한 잔이
이렇게 고마울 수가 없다.

장마

이제 그만 파란 하늘을 보여줘!

나를 사랑하는 가장 쉬운 방법

쉴 수 있을 때 쉬기

쉴 수 없어도 쉬기

잠깐 쉬어가도 괜찮아.

선
물

내가 내겐 가장 소중한 선물이야.

진정한 위로란…

묵묵히 곁을 지키는 것.

음악 샤워

신나는 음악 샤워 어때요?

Hey, Man!

내 친구들 불러줄까?

바캉스

파도치는 해변가에 누워

칵테일 한 잔 곁들이며

이 여름을 만끽하고 싶다.

바람

내 안의 흥이
바람결에
춤을 춘다.

기분 좋은 미풍.

두
둥
실

너에게 가는
가벼운 발걸음.

하늘은 매일 다른 얼굴로

우리가 쳐다봐주기만을 기다리는 건 아닐까?

잠깐이라도 좋으니

가끔 하늘도 보고 그래

야간 여행

모두가 잠든 깊은 밤,

아무도 모르게 떠나는

나만의….

밤을 접는다

긴 긴 밤을 고이 접어
서리서리 넣는다.

먼동이 터온다.

내일 다시 굽이굽이 펴리라.

선명하면서 흐릿한

가을, 짧은 겨울

식어간다

뜨거웠던 태양의 열기도
매일매일 조금씩 식어간다.

서늘한 공기가
온몸을 휘감을 즈음
다시 그리워질까.

아껴야 잘산다

"왜 그렇게 자신을 아끼지 않는 건가요?"

그러게,
왜 그러는 걸까.

여전히

너에게 끌려 다니고 있어.

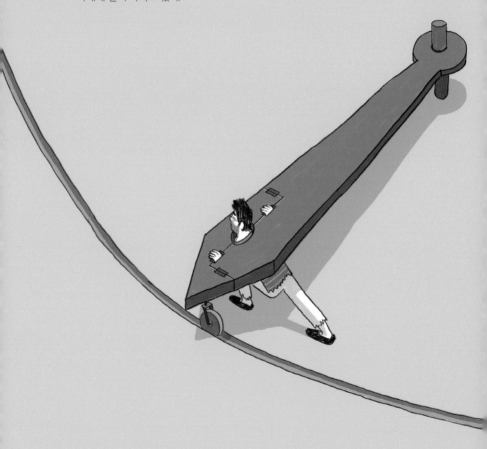

불편한 휴식

바쁜 일이 마무리되면
늦잠도 좀 자고
아무것도 안 하고 빈둥거려야지 했는데

왜 이렇게 마음이 불편하지?

내
게

기
대
요

버티기 힘들 때
네가 잠시라도
기댈 수 있는 사람이 되고 싶어.

혼자가 되어 있다

바쁘다는 핑계로
놓치는 게 참 많다.

문뜩 뒤를 돌아보면
나를 떠나간 계절들, 사람들이
손을 뻗어도 닿지 않고,
불러도 들리지 않을 거리를 두고 우두커니 서 있다.

나는 그렇게
혼자가 되어 있다.

No Music, No Life

오래전 즐겨 듣던 노래가 흐른다.
잊고 있던 추억이 되살아난다.

어느새 가을이 왔나 보다.

토닥토닥

오늘도 수고했다,
나 자신.

가을 향기

공기의 질이 달라졌다.

나무도 하나둘
옷을 갈아입고 있어.

시
인

괜스레 감상에 젖는 계절,
가을은 우리 모두를 시인으로 만들어.

든 자리 난 자리

너 없는 편안함보다
허전함이 더 크게 느껴진다.

향단아, 빨리 낫자.

옴짝달싹

가끔은 한 걸음 떼기조차
버거운 날이 있지.

편지할게요

마음 담아 꾹꾹 눌러 쓴
편지 한 통.

우표까지 붙여 보내면
언제쯤 네 손에 닿으려나
네게 연락 올 때까지
하염없이 기다릴 수밖에 없다.

그 기다림이 좋아
이 가을, 편지를 쓴다.

전쟁 같은 사랑

미워할 수 없는 나의 향단이가 돌아오고
우리의 전쟁은 다시 시작되었다.

마음의 평화는
그래도
네가 곁에 있어야 완성된다.

그 노래

가을을 느끼고 싶을 때면
파트리샤 카스를 듣는다.

달에게 비는 마음

큰 욕심 없어요.
그저 이렇게
함께
환한 달 보며
웃을 수 있게 해주세요.

It's not bad   관심 밖으로 밀려나도 괜찮은 건 계절 탓인가.

가
을
비

한층 깊어가는 이 계절,
지금이 아니면 볼 수 없는 것들.

내일 아침,
이 길에는 낙엽 카펫이 깔려 있겠네.

느림의 미학

느리다고 해서
늦은 건 아니잖아요.

나는 좀 천천히 갈게요.
이 계절도 좀 천천히 가세요.

잔뜩

흐린 가을 날.

잎이 떨어지는 이 거리에서
널 생각해.

So Cool

상쾌한 공기에
내 기분도 날아갈 것 같아!

바스락바스락

낙엽을 밟을 때마다 나는
그 소리가 듣기 좋아서
산책이 길어졌다.

피곤의 미학

피곤은 내게 작은 행복을 준다.
어디에서든 잠깐이라도
단잠에 빠지게 만드는 그런 행복….

구름 위의 산책

하늘을 걷는 기분을
구름 위를 걷는 기분을
느껴보고 싶어.

쓸쓸함과 쌀쌀함 사이

하루가 다르게 낮아지는 기온,
느리게 뜨는 태양,
점점 움츠러들게 되는 어깨.

겨울의 초입.

탈출

나 다녀올게!

만추

하루가 다르게
잎이 우수수 떨어진다.
찬바람에 단풍잎이 하염없이 흩날린다.

For you

네가 준 것에 비하면
보잘것 없지만….

정리

꼬리에 꼬리를 물고 이어지다.

엉켜버린 생각들.

어디에서부터 정리를 시작하면 좋을까?

What is love?

첫눈

어른이 되고부터는
반갑지 않은 손님이 되어버렸지만,
그래도
첫눈만큼은 기다리게 돼.

Stop it

추워도 참아,
안 되는 줄 알잖아.

눈, 사람

기다릴 수 있어.

오기만 한다면….

그
리
움

이렇게 구름 잔뜩 낀 날이면
행여 네 흔적이라도 보이지 않을까
자꾸만 올려다본다.
금방이라도
올 것만 같아서.

Anti-freeze

우리 둘은
얼어붙지 않을 거야.

추워질수록
함께 하는 따뜻함이
커져갈 테니까.

페르소나

솔직한 내 모습을 보여주면
사람들은 날 좋아할까?
언제나 좋은 사람인 척하고 있지만….

이 가면을 벗고 싶다.

MERRY CHRISTMAS

메리 크리스마스

향단이도
당신도
나도
메리 크리스마스!

오늘만큼은 온 우주가 행복하기를!

다짐

해가 바뀔 때마다
새로운 의지를 다지며 살아왔다.
내년 오늘에도 이렇게 또 다짐하겠지.

겨울과 여름 사이

다시, 봄

소중한 것은

생각보다 가까이에 있어.

충전 중입니다

펜슬이 방전되면
쉴 수 있는 명분이 생긴다.
펜슬도, 나도 쉬어가는 시간.

마음 청소부

묵은 감정까지 모두
툭툭 털어내자.

미안해

내 생각만 했어.

굿모닝   오늘도 활기차게
시작해볼까.

차오른다

따스한 봄기운이
텅 빈 내 마음을
포근히 채워준다.

헤메고 있지만,

거의 다 왔어.

스
미
다

매일
조금씩
천천히

Just do it

그래, 한번 해보자!

고마워

무사히 내 곁에 와주고
이렇게 머물러줘서.

너는 나

모두가 벚꽃의 화려함에 열광하지만,

묵묵히 피어 있는 네게

마음이 더 가는 오늘.

여유

너의 여유에

나의 여유를 더하니

참 좋다.

가끔은 이런 날도 필요해.

눈 깜빡하는 사이 어느새 주위는 연둣빛 세상.

봄 도둑

계절을 재촉하는 비와 함께
봄이 또 사라져버렸어.

참을 수 없는 존재의 무거움

내겐 과분한 봄.

애증의 관계

10년째 지속 중인
애증의 우리 관계.

너도 어느덧
나와 나이가 점점 비슷해져 가는구나.

답정너

행복은 가까이 와 있고,

너는 오기만 하면 돼!

피크닉

가지 않은 길

가끔은
멀리 돌아가더라도
새로운 길을 걸어보고 싶어.

Growing up

봄이 있기에
꿈과 희망을 품고
계속 자라고 있어.

잘하고 있어.

희
망

내일 지구가 멸망하더라도
사과나무를 심겠다던 그 남자.

그래, 어렵지 않지.
희망을 키우는 일은….

마주보기

나를 가로막고 있는 것 같았던 일들도
막상 마주해보면 별거 아닐 때가 많다.

다 그렇게 지나간다.

이거면 충분해

더 많은 걸 바라지 않아.

Turn off

스마트폰도

머릿속 생각도

모두 꺼두고,

잠시 쉬었다 갈까요?

Free hug   이 계절,
            네 품에 안겨….

사랑한다

매일 온 집안을
난장판으로 만들어도 좋으니까

내 애플펜슬을
다 물어뜯어놔도 좋으니까

비싼 사료만
쏙쏙 골라 먹어도 좋으니까

아프지 말고 건강하게
나랑 오래오래 같이 살자.

가야 할 때를
분명히 알고 가는 이의 뒷모습은
얼마나 아름다운지.

짧은 만남이 못내 아쉬워도
고이 보내줄 수 있는 건
분명 봄은 또 다시 올 테니까.

괜찮아, 다시 봄이 올 거야.

괜찮아, 다시 봄이 올 거야

초판 1쇄 발행 2021년 12월 25일

지은이 | 김영곤
펴낸이 | 유성권

편집장 | 양선우
책임편집 | 임용옥
편집 | 신혜진, 윤경선
해외저작권 | 정지현
홍보 | 최예름, 정가량
디자인 | 상컴퍼니
마케팅 | 김선우, 강성, 최성환, 박혜민, 김민지
제작 | 장재균
물류 | 김성훈, 강동훈

펴낸곳 | ㈜이퍼블릭
출판등록 | 1970년 7월 28일, 제1-170호
주소 | 서울시 양천구 목동서로 211 범문빌딩(07995)
대표전화 | 02-2653-5131
팩스 | 02-2653-2455
메일 | loginbook@epublic.co.kr
인스타그램 | www.instagram.com/book_login
포스트 | post.naver.com/epubliclogin
홈페이지 | www.loginbook.com

· 이 책은 한국만화영상진흥원 〈2021 만화독립출판 지원사업〉을 통해 제작되었습니다.

· 이 책은 저작권법으로 보호받는 저작물이므로 무단전재와 복제를 금지하며 이 책 내용의 전부 또는
  일부를 이용하려면 반드시 저작권자와 ㈜이퍼블릭의 서면 동의를 받아야 합니다.
· 잘못된 책은 구입처에서 교환해 드립니다.
· 책값과 ISBN은 뒤표지에 있습니다.

로그인은 ㈜이퍼블릭의 어학 · 자녀교육 · 실용 브랜드입니다.